राकेश कुमार सिंह

राकेश कुमार सिंह केंद्रीय रिजर्व पुलिस बल (CRPF) में सेवारत अधिकारी हैं। उन्होंने फ़िक्शन और नॉन-फ़िक्शन दोनों तरह की छह किताबें लिखी हैं। विषय पुलिसिंग के तरीक़े से लेकर नक्सलवाद तक हैं। उन्होंने उपन्यास भी लिखे हैं। उनके उपन्यासों कलर्स ऑफ रेड (2021) और लॉकडाउन लव (2022) को ख़ूब सराहा गया। उन्होंने विविध विषयों पर प्रमुख समाचार पत्रों और पत्रिकाओं में सौ से अधिक लेख भी लिखे हैं। सीआरपीएफ में अपनी अट्ठाईस साल की सेवा में उन्हें सरकार द्वारा कई पदकों और प्रशस्ति पत्रों से सम्मानित किया गया है। उन्होंने नक्सलवाद से प्रभावित बस्तर में दंतेवाड़ा जैसे क्षेत्रों के अलावा कश्मीर और उत्तर-पूर्व जैसे संघर्ष क्षेत्रों में सेवा की है। वह पुलिस अकादमियों में विशेषज्ञ के रूप में कार्य करते हैं। उन्हें 2011 में उनकी किताब 'नक्सलवाड़ और पुलिस की भूमिका' और 2021 में 'नक्सलवाड़- अनकहा सच' के लिए प्रतिष्ठित गोविंद वल्लभ पंत पुरस्कार मिला है।

बहुत चाहा मैंने

राकेश कुमार सिंह

प्रथम संस्करण: 2023

ISBN: 979-8-88975-998-0

© राकेश कुमार सिंह
मूल्य: ₹ 115/-

प्रकाशक: प्रतिबिम्ब, नोशन प्रेस का उपक्रम
संपर्क: नोशन प्रेस,
7, मांटिएथ रोड
एग्मोरे, चेन्नई, तमिलनाडु — 600008

Bahut Chaaha Maine
Poems by Rakesh Kumar Singh

भूमिका

इश्क़, प्यार, मोहब्बत, प्रेम या अनुराग, जो भी कहिए, इसके अस्तित्ववान होने की एक मधुर पृष्ठभूमि होती है। प्रेमी और प्रेमिका को अनन्य अहसासों का पूर्वाभास भी होता है और इन्हीं पूर्वाभासों की प्रेरणा से संवाद के अनेक प्रत्यक्ष या परोक्ष माध्यम भी निकल आते हैं:- अपने ख़यालों को शब्दों में बांधने का और फिर इसे बिखेर देने का हुनर मोहब्बत की एक नायाब नेमत है, जिसका अंजाम अक्सर शौक़-ए-ग़ज़ल-सराई होता है। अनेक बार प्रेमियों के लिए यह वार्तालाप या ग़ज़ल/नज़्म/कविताएँ उनकी दूसरी मोहब्बत-सी हो जाती है।

प्रेम हर पल पल्लवित होता है और प्रेमी का दिल उस छोटी-सी चिड़िया की तरह कलरव करता रहता है, जो विशाल वृक्ष की फुनगी पर बैठ कर सूर्योदय के समय सूरज को उगता देख कर चहकती है।

यूँ देखा जाए तो वेद से लेकर शास्त्रों में वर्णित पुरूरवा एवं उर्वशी के प्रेम एवं उससे जुड़ी सभी भावनाओं को सृष्टि विकास की प्रक्रिया का भावना पक्ष माना गया है, जिस तरह कर्तव्य पक्ष का प्रतीक मनु और इडा को। हर प्रेमी को प्रेमिका से उत्कंठ अभिलाषा, असीमित इच्छाएँ और अपरिमित वासनाओं की कामना होती है। काम और कामना का एक अपरिचित कोश होता है:- प्रेम का स्पर्श, गन्ध, ध्वनि और शायद तभी ये सब मन को सहज रूप से आकर्षित करता है।

महाकवि दिनकर "उर्वशी" में कहते हैं - देवता वह है जो सारी आसक्तियों के बीच अनासक्त है, सारी स्पृहाओं को भोगते हुए भी निस्पृह और निर्लिप्त है। लेकिन क्या पुरूरवा को देवत्व चाहिये था?

"चाहिए देवत्व
पर इस आग को धर दूं कहां पर!
कामनाओं को विसर्जित व्योम में कर दूं कहां पर।" (दिनकर : उर्वशी)

'उर्वशी' देह लोक में भी (देव लोक के अनुरूप) सहज रूप से सुख भोगना चाहती है। बिना आसक्त हुए बिना प्रेम की अभिलाषाओं की कसौटी पर कसे हुए। किन्तु क्या पृथ्वी पर भी प्रेमी एवं प्रेमिका ऐसे प्रेम की कामना कर निभा सकते हैं? उर्वशी प्रेम की माया के द्वंद्व से मुक्त भले ही हो, किन्तु क्या एक आम प्रेमी-प्रेमिका के लिए यह उतना ही सहज है।

आवेशित उद्गार, व्याकुल मन, अशेष कामनाएँ और अधिकार की भावना ये सब प्रेम के अवश्यंभावी लक्षण हैं। न जाने क्यों मुझे तो ऐसा ही लगता है। साहिर ने भी लिखा है - "ज़ुल्फों के ख़्वाब, होठों के ख़्वाब और बदन के ख़्वाब, मैराजे-फ़न के ख़्वाब, कमाले-सुरवन के ख़्वाब... आओ कि कोई ख़्वाब बुनें कल के वास्ते..."

प्रेम को (थोड़ा-बहुत) मैं समझने का दावा तो कर ही सकता हूँ क्योंकि मैंने सिर्फ प्रेम किया ही नहीं, बल्कि प्रेम को जिया है। शब्दों में कहा है, कहानियों और किताबों में लिखा है और कुछ वे सब कविताएँ भी, जो इस संकलन में हैं। मेरी समझ में प्रेम में अटूट आस्था है, समर्पण है, त्याग है, तो साथ ही साथ अधिकार की भावना (Possessiveness) है, ईर्ष्या है और अभाव की भावना (Sense of deprivation) भी। लेकिन यह ऐसी पहेली है कि आज भी "अबूझ" ही जान पड़ती है। अदीबों की भी राय यही है, तो शायरों की भी। बड़े-बड़े कवियों, लेखकों, सूफियों और दानिशवरों ने न जाने कितना और क्या-क्या लिख दिया। मैं कभी संजीदा हो कर, संवेदना से, मान से और श्रद्धा से हर तरीके से सोचता हूँ, तो यही लगता है कि इश्क़ में शिरकत हो, इतना ही काफी है, इसके मज़े से अगणित हर परिभाषाओं में अपनी धारणा जोड़ने की क्या जरूरत? गुलज़ार साहब ने क्या खूब कहा है कि "सिर्फ एहसास है ये रूह से महसूस करो, प्यार को प्यार ही रहने दो, कोई नाम न दो।"

ऐसे ही गीत चतुर्वेदी कहते हैं:- "खिलाई गई रोटी व दिए गए चुंबन कभी गिने नहीं जाते।" पर मैं तो रोज़ गिनता हूँ और शिकवा भी करता हूँ कि आज चुंबन में मिठास नहीं थी। मैं अपनी खुशियों की खुद ही गुप्तचरी करता हूँ। रिपोर्ताज का मूल्यांकन भी करता हूँ। न जाने कहाँ से ये गणित मेरे दिमाग में घुस गया है। तो क्या सिर्फ अगणित प्यार ही हो इसमें कोई गणित न हो। ऐसा हो ही गया, तो फिर शायद देवत्व होगा, दीवानापन नहीं।

किसी का भी प्रेम दूसरों जैसा नहीं होता। प्यार ही तो इकलौती एक ऐसी चीज है, जो नकल से परे है। फिर भी लोग दूसरों के प्यार की मिसालें देते हैं और इसी बहाने अपने और अपनों में थोड़ा खोट भी निकाल लेते हैं, दिल्लगी के लिए शुरू किया गया खोट निकालने का, कोसने का सिलसिला भी ध्यान-आकर्षण के लिए लगाए गये बेरुख़ी, बेवफ़ाई और वादाख़िलाफ़ी के बेबुनियाद आरोपों से शुरू होता है और फिर एक-दूसरे को दूर धकेलने का दिखावटी आवरण पहले आदत और फिर आचरण ही बन जाता है।

"करता नहीं है तुमसे शिकायत ये दिल मगर
कहना चाहता है कि तुम वो नहीं रहे।"

"क्यों नहीं ऐसा कर पाओगी तुम मेरे लिए.... "। भुला दिया जाता है कि पहले ये होता था कि क्या नहीं मैं कर पाऊँगा तुम्हारे लिए, तुम आओ तो सही।

अमृता प्रीतम ने कहा - "अक्षर जो कागजों पर उतरते रहे, वे सबके सामने हैं, इसलिए मुझे और कुछ नहीं कहना। लगता है, मैं सारी ज़िंदगी जो भी सोचती रही, लिखती रही, वह सब देवताओं को जगाने का प्रयत्न था, उन देवताओं को जो इन्सान के भीतर सो गए हैं।"

मेरे प्रेम में अर्ध-नारीश्वर की कल्पना है जिसे मैं ऐसे मानता हूँ कि प्रेमी और प्रेमिका एक हो जाते है एक बदन, एक सोच, एक ही सपने, बिना किसी गुलामी के।

कुछ प्रेमी ऐसे भी होते है जिनकी तल्ख़ियां या बेरुख़ी प्यार पर हावी हो जाती है, वहां प्रेम का रेशमी धागा टूटता जाता है। ऐसे मौके के लिए ही शायद जॉन एलिया साहब ने कहा है - "मेरे सब तंज बेअसर हो रहे, तुम बहुत दूर जा चुकी हो क्या।" यह दोनों को ही तोड़ जाता है और फिर जैसा साहिर लुधियानवी ने कहा - सोचता हूँ कि मोहब्बत से किनारा कर लूँ, दिल को बेगाना-ए-तरगीबो-तमन्ना कर लूँ। लेकिन फिर भी न जाने क्यों, इश्क़ कुछ और दे न दे, नज़्म, नग्में और ज़िक्र तो दे ही जाता है। इस दिल-ए-बेताब को उम्र भर की फ़िक्र तो दे ही जाता है।

ऋतु वसंत की हो
नशा फागुन का
साथ प्रेमिका का हो...

पाठशाला प्रेम की हो
नशा इश्क़ की किताब के पन्ने पलटने का हो
क़िस्से जवानी के सुनाने हों
तो दिल प्रफुल्लित हो ही जाता है।

हृदय के उस कोने से, जहां प्यार संचित, सिंचित और संप्रेषित होता है - उसी की दास्तान लिखी है इस पुस्तक में...!

आधा-अधूरा चाँद

इस बार तुम लम्बे समय के लिए गईं,
मेरी पूर्णिमा साथ ले गईं
छोड़ा तो बस आधी अमावस्या,
और आधा-अधूरा चाँद।

थोड़ा-सा चाँद,
थोड़ी-सी आशा।

लेकिन मैं रोज़ लकीरें खींचता हूँ,
चाँद के आकार को बड़ा करता हूँ
मेरी आँखों में चमकती है चाँद की रोशनी:
एक दिन जब चाँद का चित्र पूरा हो जाएगा,
मैं अपनी बाँहों में खोज लूँगा तुम्हारा आकार।

जैसे चाँद, सूरज से लेता है रोशनी,
मेरी आँखें तुम्हारी आँखों से लेंगी प्रकाश।
तुम्हारी जुदाई की तड़प को
तुम्हारे बंधन की आँच से मिटाऊँगा।

लेकिन इन्तजार बड़ा लम्बा है,
इस बार तुम लम्बे समय के लिए गईं,
मेरी पूर्णिमा साथ ले गईं
छोड़ा तो बस आधी अमावस्या,
और आधा-अधूरा चाँद।

थोड़ा-सा चाँद,
थोड़ी-सी आशा।

निमंत्रण

कल शादी का एक न्यौता आया था,
मैं उसमें तुम्हारा नाम खोजने लगा,
जाने क्यों!

सोचा, अगर जुड़ जाता इस तरह
मेरा नाम भी तुम्हारे साथ,
तो न झेलने पड़ते यह विरह के दिन-रात।

दिल की पाती पर तो हमने अपने नाम
साथ लिखवा लिए
लेकिन न्यौते की पाती पर
लिख सकें अपने नाम साथ
ऐसी कोई स्याही
हमारे पास नहीं थी।

बारिश

आज बारिश में तुम बहुत याद आ रही हो,
दिल्ली में मानसून की ये बारिश
लोग कितने खुश हैं
और मैं कितना संजीदा
सजग हूँ, सहज नहीं!

कितनी बार हम साथ भीगे
हंसे, रोए, झूमकर गाए भी,
हाथ पकड़कर छप छप पानी पर चलना
गीले बालों को हाथों से सँवारना
कपड़ों में सराबोर जल
और अपनी आंखों में भी,
सपने अपने
लिपटना, झपटना और चिपकना अपना
सब याद आ रहा -

जैसे कोई फिल्म चल रही

इस बार जब तक आओगी,
ख़त्म हो चुकी होगी बारिश,
सूख चुके होंगे पिछले बरसों में भीगे कपड़े
कुछ गीला नहीं होगा
सिवाय हमारी आँखों के!

तस्वीर

अब उसकी पुरानी तस्वीरों को कम देखता हूँ
अब गुज़रे पलों को कम याद करता हूँ,
अब उलझे बालों को कम सुलझाता हूँ
अब उसकी कमी ज़्यादा महसूस करता हूँ
अब उससे मिलने के लिए लाख जतन करता हूँ।

अब उम्र ढलान पर है
प्यार परवान पर,
अब नसें सुस्त हैं अब शरीर बेडौल है
और साँस तेज है,
और मन सुडौल
अब तुम्हें अपने पास रखने की चाहत से भरा हूँ
तुम्हें तसव्वुर से निकालकर तस्वीर की तरह सँजोता हूँ।

तुम्हारे प्राणों में समाकर
तुम्हारे दिल में
तुम्हारी ही धड़कन की तरह बजना चाहता हूँ
संगीतमय!

प्रेम की गंगोत्री

हरसिल में तुम हर्षित हो
मैं बारसूर में व्यथित
तुम गंगा की पावन नगरी में
मैं इंद्रावती के शापित आँगन में

तुम उद्गम को उन्मुख
मैं अवसान को अवनत हूँ

तुम गंगा जल की तरह निर्झर निराश्रित हो
मैं तालाब में ठहरा-सा निश्चल आश्रित

तुम तपोवन में, प्रभु की अर्चना में
मैं असुरों की नगरी में, युद्ध से थका सा
तुम काया, माया की कल्पना
मैं कुपित कुंठा की कड़वाहट
तुम स्तुति वन्दना की पात्र
मैं ईर्ष्या-द्वेष का भागी

तुम उदार उज्ज्वल उर्वशी,
मेरे प्राण की प्रेयसी
तुम मेरे काम की कामिनी
मेरे राहों की वंदनी

तुम इहलोक में मेरा अभिमान हो
इस अंबर में मेरा अनुराग हो
तुम पवित्र पूर्ण प्रेम मेरा हो
हृदय में हर्षित मेरे हो।

मजबूरियाँ

इश्क़ की मजबूरियाँ सब जानते हैं
तुम्हारी कुछ अलग हैं।

तुम परेशान हो इश्क़ की मजबूरियों से
शिकवे-शिकायतों से
पास बुलाओ, तो पसोपेश में पड़ जाती हो
सपनों में आने पर कैसे सहम जाती हो
जज़्बात तुम्हें ज़ख़्मी करते हैं।

छूने से सिहर जाती हो
गर्म साँसों की छुअन से कँपकँपा उठती हो
जैसे हल्की हवा से दीपक की ज्योत!

तुम्हारी मजबूरियाँ
इश्क़ की मजबूरियों से अलग हैं।

हाथों का श्रृंगार

उसके हाथों के श्रृंगार को मैंने पहचाना है।
कभी चूड़ी, तो कभी ताबीज पहनाया है।
हाथों से उसके दिल का रास्ता तय करते-करते
आँसुओं को अपने दामन में भरा है।

सीने में भरे जज्बात को
जो जहर-सा था, उसको पिया है।
उसके हाथों को छुआ है, उसके हाथों को थामा है।
चूड़ियों को खनका-खनका कर उसने कभी प्यार जताया तो,
कभी की है तकरार हमसे!

कभी इन हाथों को मैंने पकड़ा
तो कभी जकड़ा है इनको मैंने
कभी गुस्ताखियाँ कीं, तो कभी मरोड़ा है इनको।

आज वो उन्हीं हाथों से उँगलियाँ उठा रही थी
मुझसे कह रही थी –
इन उँगलियों के बुलाने पर अब नहीं आते
न ही आते अब इन हाथों को छूने
और न ही बाँहों में थामने,

और कहती - कहती
वो भाग रही है,
कि अब मैं जा रही हूँ छोड़कर तुमको
अब नहीं मिलूँगी तुमसे – मर ही क्यों न जाऊँ,

वो भाग रही थी दूरः
और आ रही थी पास, वो मर-मिट रही थी;
और ज़िन्दा हो रही थी मुझमें,
वो हाथ छोड़ कर जा रही थी;
और समा रही थी मेरी बाँहों में,
क्योंकि मैंने उसके हाथों के श्रृंगार को जाना है,
कभी चूड़ी तो कभी ताबीज पहनाया है।

गजरा

आज तो तुम बहुत खुश होगी
उसने बालों में फूल डाले होंगे
अपनी उँगलियों से जुल्फें सँवारीं होंगी
हथेलियों में मुखड़ा थाम होंठ चूमा होगा
आज धड़कनों में खो गई होगी
आज तो तुम बहुत खुश होगी

आज फूले नहीं समा रही हो तुम
कांधे पर सिर रख शरमा रही हो तुम
कमर पर हाथ रख इतरा रही हो तुम
सीने से सिमट कर खो रही हो तुम
आज तो तुम बहुत खुश होगी

सिरहाने गेसुओं का अंधेरा कर
वो बतिया रहा होगा आज
तुम्हारी अंगिया छेड़ रहा होगा
कभी कमर पर तेज़ काट रहा होगा
आज तो सीने पर सर रख कर तुम्हारे
वो सो रहा होगा।

आज तो तुम बहुत खुश होगी
उसने बालों में गजरा जो सजाया है।

नज़्म

सपनों की दुनिया से आई हो,
सपनों में ही खोई रहती हो!
अपनी-सी लगती हो,
अपने में ही खोई रहती हो!

दिलो-जान से भी प्यारी,
जान हो मेरे जहान की।
किस दुनिया से आयी हो? तुम्हें पाकर
इस दुनिया से अलग हो गया हूँ मैं।

उम्र

कितनी मिन्नतों के बाद मिली हो,
अच्छा है, इस उम्र में मिली हो!

जब परख लिया मैंने दुनिया को, तब मिली
जब आकाश मिला मेरी परवाज़ को, तब मिली
जो मिली, सारा दर्द बिसर गया
एक बार फिर से मैं ताज़ा हो गया
एक फूल-सा खिल गया

वो तुम्हारा गले से लगना
वो मेरा हाथ पकड़ तुम्हारा मुस्करा देना
वो रह-रहकर तुम्हारा झपकाना पलकें
जैसे आधी रात सितारों का टिमटिमाना

तुम्हारे गेसुओं में खो जाएँगे मेरे सारे दुख,
तुमसे बेहतर कोई साथी नहीं मेरा
इस उम्र में!

मेरी नाज़नीन हमसफर

ये कैसा है सफ़र
तुम्हारे इश्क़ में अल्फ़ाज़ को सँजो कर
तुम्हारे हुस्न, तुम्हारी अदाओं को याद कर
तुम्हारे साथ के अहसासों को बुन कर
मैंने एक किताब लिख दी –

और तुम अब भी फाइलों में
उलझी अपनी पहचान खोज रही हो!

उलझन में हो, लगता है,
सुनो मेरी नाज़नीन हमसफ़र,
उल्फ़त में रहो!

यहाँ आफतों व आपदाओं से वास्ता नहीं
यहाँ समाज व कानून के दायरे नहीं
यहाँ नियमों का बंधन नहीं
यहाँ सिर्फ़ मेरी बाँहों का घेरा है
यहाँ सिर्फ मेरी गर्म सांसों की खुशबू है
यहाँ सिर्फ हमारे-तुम्हारे इश्क़ का
खुला बंधन है।

गम-ए-निहानी

अब मैं उसके लिए
कोई नज़्म नहीं लिखूँगा
न ही कोई गीत लिखूँगा
और न ही लिखूँगा जज्बाते- इश्क़
अब और तमाशा-ए-जुनूँ नहीं,

अब उसे पढ़ने की बौखलाहट नहीं
अब उसे सुनने की कुलबुलाहट नहीं
अब उसे और भी हल करने है मस्ले
अब फ़िराक़-ए-यार की बेज़ारी नहीं

शब्दों से डोलता रहता है मन,
नज़्म से मशहूर होता रहता है जुनून,
गूंजते रहते हैं गीत के बोल इस दिल में
अब और मतला-ए-इज़हार नहीं

आगाज-ए-इश्क़ परेशानियाँ हैं
तीर-ए-निगाह बरबाद करती है
मंजिल-ए-इश्क़ भटकाती है,
रूह को खटकाती है,
अब और इन्तिज़ार-ए-ख़ल्क-ए-ख़ुदा नहीं

अब और अभी समय नहीं
ऐसा नहीं कि उसे प्यार नहीं है
लेकिन अब वो तिश्ग़ी नहीं
ये अनबुझी प्यास; तवक्को नहीं; तजुर्बात हैं
अब और रिवाज-ए-इश्क़ नहीं।

मैं तुम्हारी गहराइयों में हूँ

मैं तुम्हारी गहराइयों में हूँ
तो फिर ग़लतफ़हमियों में क्यूँ हूँ

क्यों तुम्हारे गुस्से में हूँ
क्यूँ मेरी कमियाँ तुम्हें नाराज़ करती हैं?
मैं तुम्हारा आधार हूँ तो
तो तुम मेरा आकार क्यों नहीं!

तुम्हारा सत्य हूँ तो तुम
मेरी सत्ता क्यों नहीं!

मैं तुम्हारी आँखें हूँ तो
तो तुम मेरी रोशनी क्यों नहीं!

मैं तुम्हारे रगों में हूँ
तो मेरा प्यार इतना खंडित क्यों है!

मैं तुम्हारा स्पर्श हूँ
तो मेरी खुशबू में बिखराव क्यों!

मैं तुम्हारा संगम हूँ
तो तुम मेरी प्रयाग क्यों नहीं!

मैं तुमको इतना क्यों चाहता हूँ

मैं तुमको इतना क्यों चाहता हूँ?
अपनी रूह से भी ज़्यादा
अपने वजूद से भी ज़्यादा
मैं तुमको इतना क्यों चाहता हूँ?

अपनी धड़कनों में
अपनी धमनियों में
अपनी धारणाओं में
सब जगह तुमको क्यों बसाना चाहता हूँ?
मैं तुमको इतना क्यों चाहता हूँ?

मेरी चेतना तुम क्यों हो?
मेरी प्रेरणा तुम क्यों हो?
मेरी निष्ठा तुम क्यों हो?
क्यों तुम मेरी अर्चना में हो?
क्यों तुम मेरी आस्था में हो?
क्यों मेरे अंतस की साधना में हो?
मैं तुमको इतना क्यों चाहता हूँ?

मेरा कोई अंश तुम में है

मेरा कोई अंश तुम में है
शरीर का, हृदय का, जीवन का!
सांसों का, धड़कन का, मन का!
सोच का, सपनों का, सरगम का!
मेरी बातों का, मेरी बाँहों का, मेरी रातों का!

कुछ तुम्हारे पास मेरा
शायद थोड़ा ही सही
लेकिन बड़ी कमी बनकर वह
मेरे दिलो-दिमाग़ पर तारी है।
चाहत, उम्मीद और मिलने के तुम्हारे
ख़्वाबों की सजावट जारी है।

शायद कोई दंश पुराना
शायद मिलन को ढोता अपना
शायद कोई दिशा को दृष्टि देता
शायद कोई जीवाश्म जीवन सजाता

सजल स्मृतियों की बूँदें,
शायद अपनी सम्वेद-सरिता,
आत्मा की नश्वरता का,
प्यार की करुणा का,
शायद मेरा कोई अंश है तुम में!

तेरी धमकियाँ

मैं मानता हूँ कि ये सच नहीं है
मैं जानता कि तुम ऐसी नहीं हो
फिर भी
तुम्हारी ये धमकियाँ –
मुझे छोड़ चले जाने की
मुझसे बात न करने की
मुझसे फिर कभी न मिलने की –
व्यथित कर जाती हैं,
ठेस पहुँचा जाती हैं
दर्द दे जाती हैं!

तुम्हारी ज़िद
कि मैं नहीं बदलूँगी
तुम्हारा हठ
कि मैं ऐसी ही रहूँगी –
दर्द दे जाती है
व्यथित कर जाती है,

ये सब मेरी हैं, तुम मेरी हो,
तो क्या सिर्फ यही देना है मुझे –
फिर ज़रा सोचो, अपनी खुशियाँ कहाँ बाँटोगी
अपनी खुशबू कहाँ बिखेरोगी?
अपने ख़्वाब कहाँ सजाओगी?

किस ख़्वाब का ख़याल करूँ

तुम मुझे कुछ भी समझो
कम-सुख़न ही सही, अब सुखनवर हूँ।

कौन सुनता था मुझे,
कैसे ख़ुद-कलामी से निकल
तुमसे इज़हारे-इश्क़ की आदत डालूँ

समझो ना,
मेरी कायनात, मेरी मंज़िल तुम हो
मेरी वहशत की वजह तुम हो
अब और किस ख़्वाब का ख़याल करूँ

सुनो,
मैं तुम्हारा सुख़नवर हूँ
मोहलत के मोहताज तुम ही नहीं, मै भी हूँ
विसाल-ए-यार की तक़रीर में तुम ही हो

हमसफ़र,
हमनशीं, बस तुम हो
मेरी हस्ती के सबब तुम हो
मेरी मुकम्मल जहाँ के मददगार तुम हो
मेरी आवाज़ में तुम्हारे होने की नज़्म है
मेरी धड़कन की सरगम पर तुम्हारा गीत बजता है
मेरे रोम रोम को तुम्हारी चाहत है
मेरी खामोशियों को तुम्हारी जुस्तुजू है।

बीते दिनों की तस्वीरें

बीते दिनों की कुछ तस्वीरों को देख रहा था।
कुछ तुम्हें भेजा
कुछ अपने पास छुपा ली।

कितना कुछ था उन तस्वीरों में –
पास रहने की हमारी चाहतें,
एक-दूसरे को देखते रहने के अरमान सारे,
एक-दूसरे को छूने के ख़्वाब थे उनमें

कितना सहज था पास-पास होना,
वो आँखों का हर वक़्त एक-दूसरे को तलाशना
मिलने-छूने के बहाने खोजना

ये अपने ही पल थे
सब अपना ही समय था
इतने लोगों के बीच भी
जैसे सिर्फ मैं था, जैसे सिर्फ तुम थीं

एक बहुत बड़ी दुनिया थी
लेकिन दुनिया में जैसे सिर्फ हम-तुम थे

आज कितना दूर हो गया हूँ।

तस्वीरों में तो फिर भी हम पास-पास थे
कैसा बेरहम जीवन है ये अपना –
नज़दीकियाँ तो अब बस तस्वीरों में बची हैं।

तनहा हूँ, मेरी तल्ख़ियाँ बढ़ती जाती हैं
तुम ना मिलीं,
तो मैं जीवन जीने से ही ख़ौफ़ज़दा हो जाऊँगा

इन तस्वीरों से निकलकर आ जाओ,
आकर मेरी नज़रों में बस जाओ,
मुझे छुओ, और मेरे जीवन में रंग भर दो,
तमाशा और तहज़ीब की तस्वीर-सी दुनिया से निकल
आओ मेरे पास, आ जाओ!

उलझन

एक उलझन-सी है,
वैसे तो उल्फ़त में उलझन कोई नई नहीं है
लेकिन पता नहीं, रिश्ते ऊबने कब से लगते है।
पता नहीं चलता,
पहले अलसाई आँखों से भी सुनते रहने की चाह होती थी
वो पलक झपकते ही कब ख़त्म हो जाती है।

एक उलझन अजीब-सी है
जिसे मेरी यादों और अहसासों में जन्नत दिखती थी,
कब से उसके ऊपर अफ़सोस तारी होने लगा
बहुत करीब आ जाने के बाद एक दिन
क्यों होता है यह अहसास
कि हमें इतना क़रीब आना ही नहीं चाहिए था।

एक उलझन ताज़ा-सी है
कैसे होते थे वे दिन, जब लगता था,
वे हमारी बातें सुन फूले नहीं समाते,
एक चाह-सी, एक आस-सी लगी रहती है
अब क्यों ऐसा होता है कि
वह सब उनको एक भूल-सी लगती है

एक उलझन बेगानी-सी है
एक वक़्त था, जब बाँहों में रहने की तड़प होती थी
साथ के इक पल के लिए लंबी दुआएँ होती थीं
अब यह सब क्यों बेगाना लगता है

यह क़ुरबत भी अब सदियों की दूरी लगती है
एक उलझन ताज़ा-सी है
नयी-सी है
हरी-भरी-सी है
दिल में उठती है बार-बार
आख़िर क्यों यह उल्फ़त एक उलझन-सी है।

प्यार की यादें

प्यार की यादें
मुझसे भुलाई नहीं जातीं
कोई मेरी इन हसरतों को ले चले
नीलाम करे,
नीलामीघर को ले चले

क़ीमत में नहीं चाहिए मुझे एक कानी कौड़ी
बस इतना कर दे,
मेरी यादें मुझे कोई राम न दें

तीरगी का छला हुआ
दर्द सहा नहीं जाता
चुभा हुआ है
चीरता रहता है मन को
निकाल लो अब
सहा नहीं जाता

उसको प्यार अब भी रास है
तो फिर इकरार करे!
कोई बुत बनाये मेरे
या गिरवी पड़ा
मेरा दिल ही खरीद ले।

मैं अपनी कविताओं में

मैं अपनी कविताओं में
प्रेम का पैगाम लिखूँगा
प्रणय के बोल लिखूँगा
प्रलय का शोर लिखूँगा

पराजय प्रेम का परिणाम नहीं होता
दिल जोड़ने पर प्रलय नहीं आता
पाप कभी प्रेम से होता नहीं
मैं ऐसी एक दुनिया लिखूँगा
दुनिया की ऐसी इक सोच लिखूँगा।

एक दिन ऐसे मिलें हम

कहीं न जाना हो,
एक दिन सुबह उठ कर ऐसे मिलें हम
एक-दूसरे को अलसाए-से देखें
आधी खुली आधी बंद पलकों से
बदन पर कपड़ा, आधा ही लिपटा हो,
आँखों में हल्की नींद हो
और प्यार का खूब सारा खुमार
अधरों पर रात के प्यार की
अबूझ प्यास हो
थोड़ी बासी, थोड़ी ताज़ा-सी
जुल्फ़ों ने जैसे चेहरे को घटाओं
से सँवारने की ठान ली हो
और मैं तुमसे चिपक कर तुम्हारे
बालों को खोजूँ
पल्लू से सर को ढँक कर
एक घूँघट को दोनों ओढ़ कर
तुम एक दुल्हन-सी लगी
आधी सोयी, आधी जागी
आधे बंद, आधे खुले होंठों से
मिलकर बातें करें
कहीं न जाना हो

इक दिन सुबह उठकर
ऐसे मिलें हम
ऐसी सुबह से मिलें

कि शाम का इंतज़ार न हो
शमा जलने तक
ऐसे मिलें हम
तेरे पहलू में दिन गुजारे हम
एक बिस्तर पर
एक प्याली चाय के साथ
ऐसे मिलें कभी हम!

मेरी उल्फ़त, तेरी उलझन

उल्फ़त मेरी नयी-नयी है
उलझन तेरी नयी-नयी है

उफ़, ये ख़्वाहिशें मेरी नयी-नयी हैं
चेहरे पर शिकन तेरे नयी-नयी है

इश्क़ की डोर थाम कर
दो कदम अभी चली हो
वाइज़ों की बातें और
इल्म की राहें अभी नयी-नयी हैं

तेरे रुख़सार पर लाली अभी नयी-नयी है
मेरे दामन पर ये बूँदें अभी नयी-नयी हैं

छोड़ दो यूँ जुल्फों को संवारना
भूल जाओ आँखों की शोखियां
तेरे लबों पर यह सुर्ख़ अभी नयी-नयी है

सफ़र

ज़िन्दगी एक लम्बा सफ़र है,
सबसे सुनता आया हूँ
सब अपनी-अपनी तरह कहते आये हैं

लोग समझाते भी आये हैं मुझे
कि बड़ी अलबेली-सी सतरंगी-सी है,
रंग और संगीत है,
ये सफ़र बेमिसाल है

ये सब मेरी समझ से परे है अभी,

तुम जब मुझे छोड़ कर
पल या दो पल भी
जाती हो
तब लगता है, फूलों से रंग गायब है,
शाम बोझिल-सी है, तो सवेरा उदास-सा,

जाने से पहले जो तुमने मुझे
गले लगाया था
मेरे हाथ, मेरी साँस, मेरा आगोश
अब तक इंतज़ार कर रहा है तुम्हारा

ज़िन्दगी एक लम्बा सफ़र है
लेकिन तेरा पल-भर को जाना,
उससे भी लम्बी सज़ा है!

मनमोहिनी

मनमोहिनी, मनोहारिणी

मनभाती, मनमोहक, मनमौजी
हे मृगनयनि, मनभावन, मधुरयामिनी
तू मस्तमौला, मनमस्त मेरी मस्तानी है!

तू रह मेरी सखा, सहचरी सहबंधनि
तू स्नेही, संगी, सौभाग्या मेरी
सजनी, सहवासिनी, सहधर्मिणी
मेरी सुखिता, सुखासिका तुम ही हो सखी!

प्राण-प्रिय, प्रेयसी, प्रियंवदा
प्राणधिका, प्राणयिका, प्रियतमा मेरी
प्रणयी, प्राणेषा, प्रेमिका
तुम मेरी प्राणेश्वरी, प्राणधारा, प्रियवरा हो
मेरा प्रेम तुमसे ही प्रेरित है प्रिये!

हे कोमलांगिनी, कामिनी, मेरी काम्या
कामेश्वरी, कामाक्षी, कोमल काया
मेरी कौशल्या, केशकि, कटिकामिनी हो तुम
ऐ मेरी कनक, कांता, काया
मेरे कन-कन की कामाग्नि
मेरे कर्मों की तुम कामना हो!

न मिलने के तेरे बहाने

न मिलने के तुम्हारे बहाने बहुत हैं
कुछ बुने, कुछ उलझे,
बहुत-से अबूझे हैं
कहे, अनकहे, कुछ गुस्से में कहे
बेशुमार बहाने है तुम्हारी सियासत के

शासकीय व्यस्तता है तो
कभी प्रशासकीय विवशता
कभी प्रादेशिक समर्पण
कभी पारिवारिक कश्मकश

ढूँढ़ ही लेती हो तुम
कोई न कोई बहाना
छोटा या बड़ा, सच्चा या गढ़ा
फिर जितनी साहित्यिक समझ
और भाषीय प्रवीणता के साथ
प्रकटीकरण की श्रेष्ठता है,
सहज, सरल स्वभाव से तुम
बहाने बनाते-बनाते,
बना देती हो मुझे!

प्यार की सरकार

वो कहती है,
सरकार बदल दो, तो मिलेंगे
तुम जिसके पक्ष में,
मैं उसकी पक्षधर नहीं

तुम्हारे विचारों से मेल नहीं मेरा
तुम्हारे सरकार से सरोकार नहीं मेरा
तुम्हारे राजनीति से प्रेम नहीं मेरा

अरे ओ मेरी वज़ीर-ए-आला (आला कमान)
सल्तनत की सरदारा,
माशूक मेरी शहज़ादी
(मेरे दिलो-दिमाग़ की अधिशासी)
ये प्यार मेरा कोई विपक्ष नहीं
मेरी प्रीत तुमसे कोई राजनीति नहीं

अरे! आशिक़ सल्तनतें छोड़ देते हैं
विचारों को बदल देते हैं
सरकारों से मुंह मोड़ लेते हैं
मेरा प्यार है कोई प्यादा नहीं
मैं गुलाम नहीं हुक्मरानों का
मेरा रसूख़ नहीं दरबारों में
मैं यंत्र नहीं, किसी तंत्र का
मुझसे इंक़लाब न करवाओ
दिलों के बीच सियासी फ़साद न करवाओ
मेरे दिल के देश में चुनाव न करवाओ
आओ, सीधे अपनी सरकार बनाओ!

सीख रे, सखी, सीख!

अरे सखी, कुछ सीख!
प्रेम सीख, प्रणय सीख
पुरुष से पौरुष सीख
मां से ममता सीख
पिता से समर्पण सीख

दोस्तों से सहृदयता सीख
दुश्मनों से आक्रमण सीख
राजाओं से परमार्थ सीख
प्रजा से हँसना सीख
अपनों से प्रेम सीख

सीख रे, सखी, सीख!
दया सीख, दान सीख
आँखों से सृष्टि सीख
कदमों से पृथ्वी सीख
होंठों से शब्द सीख

सीख रे, सखी, सीख!
अर्थ सीख, यथार्थ सीख
साधुओं से त्याग सीख
समाज से संस्कार सीख
कवियों से काव्य सीख
योगियों से योग सीख।

विश्वास बढ़ा

विश्वास बढ़ा, बल ला
मन के भीतर रोशनी जगा
तुम करो, तुमने किया और तुम करोगी
शब्दो का ऐसा गुंजन ला

अर्थ-अनर्थ का भेद सीख
अपने-परायों की रीत सीख
ये भी कर ले, वो भी कर ले
ऐसा तू गीत बना

विश्वास बढ़ा और मन जीत
कदम बढ़ा और मंजिल जीत
गले लगा और दुश्मन जीत
दिल लगा और प्रेम जीत।

ऐ सखी, कुछ सीख ले

ऐ सखी, कुछ सीख ले!
आंधियों में पेड़-सा टिके रहना सीख
समुद्र में टापू-सा बचे रहना सीख
तूफ़ानों में कश्तियों-सा टिके रहना सीख
ऐ सखी, कुछ सीख ले!

बादलों में बिजली-सा चमकना सीख
बारिशों में बूंदों-सा बरसना सीख
गर्मियों में चांद-सी शीतलता सीख
ऐ सखी, कुछ सीख ले!

युद्ध में अर्जुन-सा साहस सीख
दोस्ती में कर्ण-सी कारुणिकता सीख
महाभारत में भीष्म-सा दृढ़ निश्चय सीख
वृंदावन में राधा-सा नेह-प्रेम सीख
ऐ सखी, कुछ सीख ले!

देवलोक के अलौकिक दिव्य द्रष्टा

हे प्रतापी धृतराष्ट्र के परम प्रिय संजय!
महायुद्ध के ज्ञानी वक्ता,
आज तू मेरे दोस्तो की सुना
ऐ बता कौन, कैसे इस सृष्टि को रच रहा है

अमरकंटक के प्राण-सा अमर ज्योति
आज भी पीड़ा हरने की तू ही आस है
तुम्हारा वो चाहना मुझे
और फिर कर्म के पथ पर मुड़कर चले जाना
एक स्थायी स्तम्भ-सा स्वामित्व है जड़ा मन में

रमणीय रामेश्वर-सा परम
अधर्म-धर्म से परे वो परमहंस
कितना सभ्य, समर्थ बनाया जग सारा

विनम्र विस्मयी विजय
आज भी बस में तेरे विष वमन
सत्यवादी-सा सत्य समर्पण
मौत के समय भी शाश्वत प्रेम

पर महिमा अपरम्पार है महिन्द्र की
ईश्वर के इस अवतार की
बसंत का तुम पहला पुष्प हो
मोहित है जिस पर सब भँवर
तुम सत्य शाश्वत सनातन हो

प्यार का अटूट ताम्रपत्र है

बस एक चंद्रग्रहण
सबको डुबो देता अंधकार में
अंहकार के पाश में ले सबको
शीतल प्रेमपूर्ण समर्पित है ये चंदा
लेकिन अंधकार कर सबको हटा
खुद ही चमकने की ज़िद
मुझको कितना सीमित कर देती है

न जाने क्यों, चाँद रात पर इतना मरता है
ऐ संजय, मेरे विजयी सत्यवादी महेन्द्र का अरविन्द-सा
अरुणोदय का हुंकार-सा, अरुण आभा बिखरा
संजय आकर, मेरे दोस्तो की सुना,
महाभारत के महासमर से निकल
महाप्रेम के इस करुक्षेत्र में आ,
मुझको मेरी सही पहचान करा,
कृष्णा-सा मित्र हो या कर्ण-सा,
राधा-सा प्यार हो या रूक्मिणी-सा,
अमरजोत से निकल कर
कभी रात में चंदा की चपलता को कम कर
ऐ मेरे मन के मीत,
कभी मेरे मन की मुझे बता!

चंद सिक्कों की दास्तान

एक दिन मैंने चंद सिक्के
उसकी हथेली पर रख कर
कहा था, अपनी खुशी से
ख़रीद लेना कुछ खुशियों की सौगात
बस इतना ही है मेरे पास!
कुछ खोटे, कुछ खरे
हरेक में मेरा प्यार बसा है
पसीने की बू और मिट्टी मेरे बदन की है
और
यही अमानत है!

न जाने वो क्या हुआ
शायद अमावस्या की रात थी
तुमने सिक्कों में चमक खोजी होगी
उसमें खनखनाहट खोजी होगी।
मिट्टी और धूल से सनी,
मेरी कलाइयों के पसीने में सनी
कुछ भी नहीं मिला होगा।
काश तुमने इन सिक्कों को
महसूस किया होता छूकर
अपने से लगा कर देखा होता अगर
मेरे बदन की ख़ुशबू मिलती।
इनको टटोला होता तो मेरे प्यार में
भीगे मिले होते ये सिक्के।
तेरे-मेरे प्यार के सिक्के हैं
ये चंद सिक्के!

बीमार

अरे सुनो,
इतनी मुरझा-सी क्यों गयी हो
बीमार हो तो क्या हुआ
इतनी निराश क्यों हो?

अरे रुको,
जरा मुड़ कर देखो
सब कुछ साथ ही है
आशा, आभा और आकार

अरे देखो,
वही शख़्स है जो देख कर जीता है तुम्हें
वही मोहब्बत है जो तुमसे होती है
वही हंसी है जो तुम्हें सोच कर आती है।

अरे आओ,
वही बाँहें तुम्हारे लिए हैं अभी भी हैं
वही आहें तुम पर अभी भी हैं
वही राहें तुम्हारी ख़ुशी में अभी भी है।

हर पल बोलें

इश्क़ में अश्क का दौर है
जैसे सब कुछ आँखो में बरसने की होड़ है

सियासत के राज़दानों में
मुसलसल मोहब्बत महरूम है
टैगोर तेरा, मीरा मेरी
कृष्ण कन्हैया और सिया है राम में!

कोई बोले बम-बम भोले
कोई करे हर-हर गंगे
बस एक हम ही है जो
हर पल बोलें:
हम-हम तेरे
तुम-तुम मेरे।

राधे

तुम मेरी राधा हो
तुम मेरी मीरा हो
तो फिर किसी ने क्यों तुमसे रास किया
तुमने क्यों किसी से राड़ किया

तुम किंवदंतियों से निकल कर कहानी बनी
तुम कल्पनाओं से निकल कर किरदार बनी
तुम सपनों से निकल कर साकार बनी
तब तुम सब कुछ मेरी लिए बनी
तो फिर क्यों किसी ने तुमको लाड़ किया

तुम गाथाओं से निकल कर मेरी गीत बनी
तुम ग्रहों से निकल कर मेरी रीत बनी
तुम बंधनों से निकल कर मेरी प्रीत बनी
तो फिर कभी किसी और की आस क्यों बनी।

मैं रूठता रहा

ये सोच कर मैं उससे रूठता रहा
वो मुझे मनाने के बहाने ढूंढ़ा करेगी

ये सोच कर मैं उठ कर चल पड़ा
वो मुझे रोकने की ख़ातिर लिपट जाएगी

ये सोच कर मैं शिकायतें करता रहा
वो मुझे प्यार करने के जतन करेगी

ये सोच कर मैं उससे हाथ छुड़ाता रहा
वो मुझे अपनी बाँहों में भर लेगी

लेकिन न जाने क्यों,
वो क्या समझती रही
वो मुझे दूर जाते हुए
देखती रही।

आँखो में आँसू
और अल्फ़ाज़ को जुबाँ पर रोके
वो मुझे जाते हुए
देखती रही।

ख़्वाब

ये रात के ख़्वाब
और ख़्वाबों में तुम
तुम्हारा ख़्याल और
ख़्यालों की दौलत!
अजीब-सा आलम
रश्क, रक़ीब, रक़म
सब हैं ख़िलाफ़ फिर भी
सुर्ख़ सुनहरा रुख़सार पर
रूख़ा रुतबा मेरा रहा।

इम्तिहान

और कितने इम्तिहान लोगी
दिलो-जान से बेइंतहा मोहब्बत
और कितनी तफ्तीश करोगी

रात-भर सोये नहीं
जाग कर दिन गुज़ारे
हर आहट पर मुड़ कर देखा
अब इन बातों के क्या मायने!
इस तरह दिल के धड़कने को क्या जाने!
अब इससे ज़्यादा इश्क़ की बेबसी क्या माने!

काला टीका

नज़रबट्टू लगाऊँ
या काला टीका लगाऊँ

नज़रों के सौदागर,
नज़र से चुरा ही लेते हैं।

तुम्हारा काजल तुम्हारी आंखों से लेकर
लगा लूँ क्या!
पता नहीं, फिर नज़र उतरेगी
या और भी नज़र लगेगी
लोगों की

यह वहम छोड़ दो तुम अब!

इश्क़ मेरी एक आदत है
अब तुम छोड़ दो
इस पर बहस करना

एक काम करोः
मेरी नज़रों में बसर करो
मेरी साँसों के बीच धड़को तुम,
बुरी छायाओं को दूर करो मुझसे
मेरे बदन से परछाईं की तरह चिपकी रहो तुम!

जुल्फ़

बारिश में काली घटा
और तुम्हारे जुल्फ़ों का मेला

चेहरे पर नये ज़ेवर
और हुस्न का निखार

तुम सँभाल कर रखो ये अमानत

मेरी लिए वैसी है
जैसे बारिश में किसान के खेत में
लहराती हरी-हरी फ़सल!

तुमको लड़ना ही होगा

तुमको लड़ना ही होगा
हर मुसीबत को झेल कर
तूफानों से जूझ कर
आपदाओं से उबर कर
तुमको बढ़ना ही होगा
तुमको लड़ना ही होगा

आँसुओं को रोक कर
ज़ख़्मों को भर कर
हर दर्द को भूलकर
तुमको रहना ही होगा
तुमको लड़ना ही होगा

परिस्थितियों से लड़ो
दुश्मनों से लड़ो
रोग से लड़ो
मनोरोग से लड़ो

तुम में जान है, जिगर है
तुम ठान लो, ठानकर
निराशाओं से लड़ो
तुमको जीना ही होगा
तुमको लड़ना ही होगा।

नहीं निभा सकता

अब मैं उसका साथ नहीं निभा सकता।
वो मरना चाहती है और मैं जिलाना
वो हारना चाहती है और मैं जिताना
वो हताशा चाहती है और मैं जिंदादिली

वो नहीं मानती, न, वो नहीं समझती
वो नहीं पहचानती, न, वो पहचान बनाती
वो नहीं समझती मुझे, न ही मेरी समझ को
अब मैं उसका साथ नहीं निभा सकता।

चाहत

मैं होती, एक प्याली चाय होती!
तुम होते, एक हसीन शाम होती!
कुछ शिकवे होते, कुछ शिकायतें होती,
उसी अंधेरी शाम में कुछ तकरार होती,
नशा बातों का होता या बातों में नशा,
पर प्यार ढेर सारा होता!

मैं होती, एक प्याली चाय होती,
तुम होते, एक हसीन शाम होती,
ऐसा होता तुम अपने प्याली वाले हाथों से,
मेरे जिस्म को, मेरी रूह को, मेरे अहसासों को,
और हाँ, उस वक्त मेरी बाँहों में तुम होते,
पर चाँद तो तुम तब भी देखते
पर वो तुम्हारा अपना होता,

फिर उन्हीं हाथों को तुम मेरी बिखरी जुल्फ़ों में फिराते,
हाँ, मेरे मुस्कुराते अधरों से अपनी प्यास बुझाते,
मेरे सीने से लग कर, कुछ मेरी आँखें कहतीं,
कुछ तुम समझ जाते, कुछ मेरी बाँहें कहतीं,
सुबह तो होती पर उसका इंतज़ार न होता।

रकीब

ओह, वो कैसी है रकीब!
तुम्हारी तो हो ही नहीं सकती।

तुम आँखों में बसर करती हो
दिल में धड़कती हो
सपनों में रहती हो

वो तो सिर्फ मेरे पास
कभी-कभी बग़ल में एक साया
या रोशनी से बनी छाया ही तो है।

सुनो ना!

कितनी बार कहा तुमसे
मेरी जान बसती है तुममें
तुम कभी खुद को मेरा बनाकर
जीवन में खुशियाँ भर दो ना!

छोटी-छोटी बातें याद रख
क्यों झगड़ती हो मुझसे
कभी भूली-बिसरी,
लेकिन प्यारी बातों को कानों में कह कर
लिपट जाओ ना हमसे!

तुम कहती हो
मेरे दिल को सहेज कर रखोगी
फिर आज की शाम
अपनी गोद में मेरा सर रख
मेरे माथे को चूम लो ना!

मेरे दिल की बातों को
अपने दिल से करोगी,
फिर कुछ प्यारा-सा लिखकर हमारे बारे में
चोरी-छिपे
मेरे किताबों में रख जाओ ना!

कितनी बार तो कहा है तुमसे
मेरी जान हो तुम!
पल-भर भी दूर हुई, तो देखना
कैसे भर जाएँगी मेरी आँखें
आँसुओं के मोतियों से!

क्या ज़रूरत है मुझे ऐसा कहने की,
एक काम करो,
एक बार तुम खुद ही
मेरे दिल को आज़मा लो ना!

कुछ सवाल आप से, अपने आप से

हर बार भीड़ में क्यों खो जाऊँ?
अकेले ही रहना है, तो लोगों को क्यों बुलाऊँ?

सबकी अपनी आपा-धापी, सबकी अपनी आप-बीती
फिर मैं आप किसी के मन का किरदार क्यों बन जाऊँ?

चाँद-सितारे, ज़मीं-आसमां, नदी-समंदर की ये दुनिया
यहाँ अगर इतनी भीड़ है, तो इस दुनियाँ को कैसे अपना कहूँ?

अगर इन सबके बीच सूरज-सा तपना है,
तो इस दुनिया में क्यों रहूँ?

धीरे-धीरे आंखों के सामने

स्मृतियों के आँकड़े नहीं होते हैं,
और न ही सपने याद रहते हैं।

आँकड़ों से यह माना जाता है।
कि संचार के साधन परिष्कृत होते हैं।
लेकिन स्मृतियाँ संबंधों को पोषित करती हैं, समृद्ध करती हैं।

ऐसे समय को हम कैसे लिख पाएँगे?
ऐसे क्षण, जब हम व्यावसायिक संबंधों को अल्पविराम देते हैं
तो स्मृतियाँ स्वतः सतह पर
निजी संबंधों की कई परतें उकेरती जाती है।

अगर व्यावसायिक क्षेत्र में
विपन्नता का अनुभव होता है
तो हृदय में सम्पन्नता का
यह समय धीरे चलता है
यह समय
चलचित्र के रेखाचित्र की तरह
स्मृतियों को धीरे-धीरे आंखों के सामने लाता है।

तकल्लुफ़

लाज़िम है तुम आज मशग़ूल होगे
वाजिब है तुम आज तग़ाफुल करोगे
जिसके पास हुस्न की इतनी बड़ी जागीर हो
वो आज इश्क़ की इबादत के दिन
मसरूफ़ तो ही होगी

न जाने आज कितने सजदे में होंगे
न जाने आज कितने क़तारो में होंगे
न जाने आज कितनों की मन्नत में होंगे
न जाने आज कितनों की दुआओं में होंगे

वाजिब है आज तुम्हारा मग़रूर होना
लाज़िम है आज तुम्हारा झूमना, इतराना

देख लो, इन मजनुओं में मुझे कहाँ रखा ह
वक़्त-बेवक़्त का आशिक़ जो ठहरा

तुम्हारी तस्वीर जिसकी आँखो में बसती है
वो मैं ही हूँ
जिसके तसव्वुर में तुम हो
वो मैं ही हूँ

तुम वो बख़्शीश हो
जिसे पाने के लिए मैं न जाने
कितने काफ़िरों के सजदे में रहा

तुम तकल्लुफ़ न करो,
मेरे तख़ैयुल में तुम कल भी थीं,
आज भी हो,
कल भी रहोगी।

अब कोई और नहीं

अब ना किसी की राह देखूँगा
अब ना किसी से वादे करूँगा
अब ना कोई सपनों में आएगा
अब कोई और ख़ुदा ना हो पाएगा

ख़ामोशी, अकेलापन और तन्हाइयाँ
भूल जाऊँगा वो हँसना, वो किलकारियाँ
न तड़प रहेगी, ना होंगी बेताबियाँ
अब कोई और ख़ुदा ना हो पाएगा।

बहुत चाहा मैंने

बहुत चाहा मैंने आज
कि कुछ लिख दूँ
कोई कविता, कोई कहानी-सी
या कोई नज़्म ही सही
तुम्हारे दिल के हाल को
छाप दूँ कहीं सही-सही

जो दर्द सहे तुमने
जो यातनाएँ भोगीं एक स्त्री होने के नाते
वो तिरस्कार, वो लांछन और दुत्कार
वे वेदनाएँ मुझे रोक लेती हैं।

रोक-रोककर
मेरे पुरुष होने का उपहास करतीं
अत्याचार करने के अधिकारों पर
सवाल खड़ा करती हैं।

मजाक उड़ाती हैं मेरी संवेदनाओं का
शर्मसार करती हैं मुझे
तुम्हारे दिल से निकलीं यादें
जब मुझसे हक मांगती हैं,
तो मैं कितना अर्थहीन लगता हूँ।

इस व्यथा और पीड़ा के साथ
तुम्हें अपने हृदय से लगाकर
मैं बस मौन रहना चाहता हूँ।

न कोई शब्द आता है
न कोई कविता प्रस्फुटित होती है
न किसी कहानी का प्लॉट
न किसी ग़ज़ल का मतला

मैं बस मौन रहकर
तुम्हारी आँखों से बात कर सकने का
सामर्थ्य चाहता हूँ।

उलझा रखा है

सोचा तुम्हारी तारीफ़ में कसीदे पढ़ूँ
लेकिन तुम्हारी ज़ुल्फ़ों ने उलझा रखा है मुझे।

जब भी तुम्हारी आँखों से निकल आज़ाद होता हूँ
प्यार से देख कर तुम क़ैद कर लेती हो मुझे।

मैं सोच कर बढ़ता हूँ तुम्हें थामने
तुम्हारी पायल की झंकार रोक देती है मुझे।

सोचा तो पाया, ज़्यादा चाहने लगा हूँ तुमको
तड़प कर एक बार यादों में उलझा तो लो मुझे।

जाना है, तो जाओ - 1

चिड़िया की तरह उड़ना चाहते हो?
जाओ, उड़ जाओ!

मैंने कोई पिंजरा नहीं बनाया था
और ऐसा भी नहीं कि तुम्हें उड़ने देना चाहता
लेकिन मुझे विश्वास था कि तुम उड़कर कहीं नहीं जाओगे

मैंने चाहा था
तुम रहोगे चन्द्रमा की तरह
मेरे मन के क्षितिज में
उतने ही आज़ाद और उन्मुक्त
जैसे दिन में रहता चाँद छुपकर
उतनी ही पवित्र एवं सम्पूर्ण
जितनी पूज्य एक मूर्ति किसी मन्दिर में।

जाओ,
तुम उड़ जाओ चिड़िया बन के
फिर भी लेकिन
रह जायेगी थोड़ी-सी
तुम्हारी चहचहाहट
मेरे पास हमेशा के लिए

जैसे कानों में गूंजती
दूर मंदिर में एक याचक द्वारा बजाई
घंटियों की आवाज़ तरह।

जाना है, तो जाओ - 2

जाओ
तुम उड़ जाओ चिड़िया बनके

लेकिन रह जाएगा पीछे
तुम्हारी यादों का कलरव
तुम्हारे कुछ टूटे हुए पंख
मेरे आँगन में गिरे रहेंगे
तुम्हारी आवाज़ वहाँ
तुलसी के पौधे की तरह उगेगी

जाओ
जाओ, तुम उड़ जाओ
लेकिन मुड़ मुड़ कर
देखते रहोगे
अपने गुजरे पल को
मेरी आँखों की चमक में

किताबों के बन्द पन्नों में
चलती परियों की एक कहानी की तरह।

जाओ
तुम चले जाओ,
छोड़कर प्रार्थना की तरह
पवित्र मेरे प्रेम को

लेकिन तुम्हारी उपस्थिति
रहेगी मेरी साँसों में
सुनसान जीवन की यादों में
जैसे आज तक गूँजता है
राधा की कहानियों में कृष्ण का नाम
कृष्ण की कहानियों में राधा का नाम।

जाना है, तो जाओ - 3

जाओ
बन जाओ चिड़िया
उड़ जाओ तुम,

लेकिन तुम्हारे उड़ने की ताकत
रह जायेगी मेरे साथ
चाय के जूठे प्यालों पर
तुम्हारे होंठों के निशान की तरह

जाओ
तुम चले जाओ
फिर भी लेकिन
छूट जाओगी तुम
थोड़ा-सा
मेरे पास हमेशा के लिए

जैसे मैं छूटा रहूँगा
थोड़ा-सा ही सही
तुम्हारे पास।

मैं ही हूँ

बुला कर वो, घबरा जाती है
कभी लिपट कर, वो पीछे हट जाती है
कभी दिल से सोच कर अपना लेती है
तो कभी दिमाग की सुनकर दूर भाग जाती है।

ओह तुम्हारी सोच, और प्यार की ये समझ!
तुम्हारी विचारधारा, और वियोग का दर्द!

कभी तुम्हारे दिलो-दिमाग पर मैं
और कभी दुनिया के फिजूल लोग

बहुत बेचारगी है, तो कभी बेइंतहा ख़्वाहिशें
कभी प्रार्थना की तरह, कभी इच्छा की तरह
तुम्हारे हर भाव, हर भावना में
मैं ही हूँ,
मैं ही तो हूँ।

यक़ीन करता हूँ

मैं यक़ीन करता हूँ
तुममें,
तुम्हारे प्यार में
और तुम्हारे लौटकर आने
की चाह में

तुम चली जाती हो
झगड़ कर
किसी भीड़ में
खो जाती हो

मैं फिर भी यक़ीन करता हूँ
तुममें,
तुम्हारे लौटकर आने में

और तुम्हारे-मेरे प्रेम की
प्रगाढ़ता
की चाह में।

अकेलेपन का दर्द

तुमने भीड़ में
अकेलेपन का दर्द नहीं जाना
अपनो के खो जाने का
डर नहीं समझा

ये किसी आंदोलन की भीड़
या किसी नेता की रैली नहीं
प्यार में डूबे प्रेमी का एकांत मन है
जो व्यथित होता है
समुद्र की विशालता में
तो कभी अनगिनत लहरों के सैलाब में
खोजता हुआ अपनी एक तरंग को
अपने भीतर समेट लेने को आतुर।

परम सत्य

एकाग्र, एकत्रित, एकचित्त होकर
प्रेम करता हूँ तुमसे
बस यहीं से
आहत और अकेला हूँ मैं।

पतझड़ का यौवन

पतझड़ की पत्तियों के बीच
तुम मुस्कुराहटों से अपनी
हरीतिमा फैला रही हो

शब्दों की तुम्हारी चाशनी
ओस की बूंदों-सी
चिपकी-सी

पीली पत्तियों का सौन्दर्य तुमसे है
पतझड़ का यौवन हो तुम।

मैं एक फूल

मैं एक फूल हूँ
तुम्हारी बगिया को सजाऊँगा
अपनी खुशबू से।

प्रेम-कथाएँ

प्रेम-कथाएँ सिर्फ वो नहीं होतीं
जो किताबों में लिखी जाती हैं।

वो भी हैं
जो तुम्हारे बारे में सोची जाती हैं
मेरे द्वारा
अकेले में।

सिर्फ तुम्हें ही देखा

समंदर को निहारते
एक पहाड़ी पर बसे
बौद्ध मठ के आँगन की उस बेंच से –

कितने सपनों को हमने उस दिन
साकार कर दिया था,
जब हमारे पाँव एक-दूसरे से
टकराते थे

और लहराकर
तुम्हारा दुपट्टा मुझे ओढ़ लेता था

और तुम्हें लिपटकर हवाएँ
मुझमें समा जाती थीं

समंदर को निहारते तुमको,
मैनें सिर्फ तुम्हें ही देखा था।

देखने के लिए

एक दिन तड़प जाओगे
देखने के लिए।

आँखें बेचैनी से तलाशेंगी
प्रतिबिम्ब के लिए।

नजरें इधर-उधर भटकेंगी
मुझे खोजने के लिए।

क्षितिज से छोर तक
अंधेरों से उजाले तक
एक परछाईं, एक आहट के लिए।
तड़प जाओगे एक दिन
मुझे देखने के लिए।